가장 힘든

지치고 힘들 때 읽는 지혜 한줄 100선

| 이정순 | 엮음

엮은이 이정순

경북 문경 출생으로 국문학을 공부하였으며 인향문단 등 다양한 문학 단체 활동을 하였습니다.

이정순 시인은 인향문단 수석 편집위원과 "들풀문학" 편집위원장을 역임하였으며 들풀문학 대상을 수상하였고, 도서출판 그림책 편집위원으로 활동하고 있습니다. "인생한줄 웃음 한 줄" "금비나무 레코드가게" "새날을 기다리며" 등 많은 도서를 기획, 편집, 출판하였습니다.

이 책은 세상 사람들이 지치고 힘들 때 위로가 되는 글 한 편 한편을 정성스럽게 선정하였습니다. 행복한 삶을 꿈꾸는 사람들에게 주는 소중한 지혜 한줄은 아름다운 삶을 살고 싶은 사람들에게 작은 선물이 될 것입니다. 이 책을 읽는 사람들이 행복해지는 지혜를 찾기를 바라면서 지치고 힘들 때 읽는 명시 100선 "지금 이순간"에 이어 지치고 힘들 때 읽는 지혜 한줄 100선 "가장 행복한 순간"을 세상에 내놓았습니다.

가장 행복한 순간

지치고 힘들 때 읽는 지혜 한줄 100선

지치고 힘들 때 읽는 지혜 한줄 100선
– 가장 행복한 순간을 펴내며

벤저민 프랭클린은 말하였습니다.

"이미 흘러간 물로는 물레방아를 돌릴 수 없다. 과거에 어리석은 일을 했기로 그것 때문에 고민할 것은 없다. 그 고민으로 흘려간 물이 다시 오지는 않는다. 슬프든지 분하든지 과거는 과거로 묻어버리고 오늘은 오늘로써 생활해야 한다. 과거의 한 토막으로 새날을 더럽혀서는 안 된다. 어찌 그 지나간 일로 해서 괴로워하고 슬퍼하는가. 물은 이미 흘러갔고, 흐르는 물을 쫓아갈 필요는 없다."

행복을 얻기 위해서는 이미 지나간 일로 해서 괴로워하거나 슬퍼해서는 안 된다. 불행해지지 않기 위해서 중요한 것은 오늘 무엇을 생각하고 무엇을 하는가이다. 오늘 행복에 대하여 생각할 수 있을 때, 그리고 행복을 얻기 위하여 작은 노력을 실천할 수 있을 때에 우리는 가장 행복한 순간을 얻을 수 있습니다.

행복은 어디 따로 있는 것이 아니라 지금 이 순간 바로 당신의 마음에 있다는 것을 인식할 수 있을 때, 우리는 행복한 삶을 살 수 있습니다. 지금이라도 조금씩, 조금씩 행복을 얻기 위하여 노력하는 것이 당신이 행복을 누릴 수 있는 유일한 길입니다.

그리고 지금 이 순간이 인생에 있어서 가장 행복한 순간이라는 것을 알아야 합니다. 우리의 삶은 프랭클린의 말처럼 과거로 돌아가 살 수 없으며 또한 오지도 않은 미래에 살 수도 없는 것입니다. 지금 이 순간에 자신이 행복해지기 위하여 노력하고 지금 이 순간이 자신에게 있어 가장 젊은 날이며 가장 행복한 순간이라는 것을 자신의 마음에 담을 수 있을 때 행복해 질 수 있습니다.

지치고 힘들 때 읽는 한줄 100선 - 가장 행복한 순간은 사람들에게 희망을 주면서 삶의 지혜를 주는 글 100편을 모았습니다. 인생의 경험과 지혜가 녹아 있는 이 글들을 통해 인생의 나침판을 마련할 수 있을 것입니다. 이 작은 한 권의 책에는 우리가 살아가는 데에 필요한 보석 같은 인생의 지혜를 담고 있으며 그리고 이 책은 지금 이 순간이 가장 행복한 순간이 될 수 있도록 작은 마법을 당신에게 선물할 것입니다.

지금 이 순간이 가장 행복한 순간이 될 수 있다는 바람으로 지금 이 순간에 이어 가장 행복한 순간을 펴냅니다.

가장 행복한 순간 − 지치고 힘들 때 읽는 지혜 한줄 100선

CONTENTS

가장 행복한 순간

지치고 힘들 때 읽는 지혜 한줄 100선

위험을 피하려고 새로운 위험을 부르지 마라

우리는 살아가면서 많은 위험과 맞닥뜨린다. 최악의 순간에서도 살아남는 방법은 얼마든지 있다. 그러나 그 방법을 선택하는 것은 우리 자신이다. 우리는 위험이 닥쳤을 때 최선의 방법을 선택할 준비가 되어 있는가? 준비는커녕 위험이 닥치고 있는지도 모른 채 살아가고 있는 게 바로 우리들이다. 지금부터라도 준비해야 한다. 작은 위험이 닥쳤을 때 지혜롭게 해결하지 못하고 피하고 만다면 곧 더 큰 위험이 찾아올 테니까.

친구라도 때로는 적당한 거리가 필요하다

아무리 친한 사이라 해도 서로 적당한 간격을 두는 것이 좋다. 간격은 이심전심의 마음이 아니라 예의를 말한다. 함께 같은 길을 가는 사람일지라도 서로 예의를 지켜야 먼 길을 같이 갈 수 있게 된다. 더구나 서로 다른 길을 가고 있다면 각자의 위치에서 분발하며 살아가는 게 낫다.

새로운 아이디어가 떠올랐다면 즉시 메모하라

아이디어는 오랜 생각 끝에 순간의 찰나에 떠오르는 것이다. 새로운 아이디어가 떠올랐다면 바로 노트에 정리하자. 바로 하지 않으면 금방 잃어버릴 가능성이 높다. 그리고 그 아이디어를 잘 정리해 놓는다면 그 중에서 당신 인생에 있어 몇 개는 언젠가는 빛을 발하게 된다. 이 세상에서 불편한 것들과 개발되어야 한다고 생각하는 것들의 목록을 만들어보자. 그리고 세상의 모든 것들에 대하여 깊이 생각해 보는 습관을 지니도록 노력해보자. 당신의 주변을 돌아보자, 쓸 만한 생각이 있다면 메모하라. 먼저 좋은 아이디어를 얻기 위해서는 아이디어는 늘 주변에 있는 것이라는 인식에서 출발하라. 당신은 불편한 게 없는가? 이런 질문들을 당신 자신에게 던져 보자. 불편함이란 바로 창조적인 아이디어 발상의 첫걸음인 것이다. 에디슨은 메모광이었다. 그러기에 그는 발명왕이 될 수 있었다. 생각은 순간적인 것, 그 순간을 바로 메모하지 않는다면 금방 잊어버리고 만다.

삶을 위하여 시간을 관리하라

시간과 기회는 누구에게도 기다려 주지 않는다. 당신의 일을 뒤로 미루지 말라. 사람이라면 누구든지 일을 뒤로 미루어 버리고 싶은 욕망이 있다. 특히 당신이 하기 싫은 일이라면 일을 뒤로 미루고 싶은 욕망은 더욱 커진다. 그러나 당신이 일을 뒤로 미루었다고 해서 해결되는 것은 아무 것도 없다. 일을 뒤로 미루면 미룰수록 해야 할 일이 점점 더 많아질 뿐이다. 당신의 시간 관리의 출발점은 일을 뒤로 미루지 않는 습관에서 출발하여야 한다. 일을 뒤로 미루어버렸다는 것은 시간과 기회를 뒤로 미루었다는 것과 마찬가지의 의미인데 시간과 기회는 그 누구도 기다려 주지 않는다. 일을 미룬다는 것은 당신의 시간과 기회를 버리는 것과 마찬가지이다. 일을 미루지 않고 당신이 바로바로 처리하는 습관을 익힌다면 아마도 당신의 바쁜 생활의 와중에서도 여가의 시간이 당신을 방문하게 된다.

친절과 방심은 구별하라

사람이 다른 사람에게 친절을 베푸는 일은 은혜롭다. 대가를 바라지 않는 친절이라면 더욱 더 존경받을 만한 일이다. 하지만 지나친 친절은 상대방에게 배신의 빌미를 제공한다. 우리가 베푸는 친절을 받아들이는 사람들 모두가 양심이 깊다고 볼 수는 없다. 친절은 주고받을 때 더욱 가치가 높다. 일방적으로 베푸는 친절보다는 작은 책임감이라도 얹어주는 약속된 친절이 현명하고 지혜롭다.

모든 위기는 내 둘레에서 일어난다

너무 한 쪽만 편향되게 보면 자신의 삶에 큰 화를 당할 수도 있다. 발 밑을 조심하라! 이 말은 불을 만지면 화상을 입고 비가 내리면 땅이 젖는다는 말처럼 단순하지만, 그 안에 커다란 진리가 담겨 있다. 위기는 멀리서 찾아오지 않는다. 그리고 그 위기를 극복하는 방법도 멀리 있지 않다. 평소에 우리 둘레만 잘 돌아봐도 평화롭고 행복한 삶을 살아갈 수 있다.

습관, 그것들이 당신의 내일을 좌우한다

매일 부딪히는 사소한 일이나 사소한 선택은 바로 당신의 습관을 형성하는 것이고 그 습관은 어찌 보면 사소한 것에 불과하지만 당신의 미래를 좌우할만한 중요한 것이다. 만약 나쁜 습관이 일상화되어 그것이 반복된다면 당신이 아무리 중요한 것에 매달려도 그 습관으로 인하여 결국에는 낭패를 보게 된다. 당신이 후에 깨달았다고 해도 그 나쁜 습관으로부터 벗어나는 것은 너무나 힘든 일이다. 매일의 사소한 일이나 선택을 중요하게 여겨 좋은 습관을 몸에 익힌 사람은 아마도 그 만큼 사는 보람을 자신의 삶에 보탤 것이고, 나쁜 습관에 익숙해진 사람은 그 습관을 고친다는 것이 너무 어렵고 그 나쁜 습관으로 인한 힘들어진 삶은 아마도 좀처럼 바꾸기 어려울 것이다. 결국 성공을 하려면 사소한 것을 중요한 것보다도 더 신중하게 생각하라. 결국 당신의 미래는 사소한 것들에 의해 좌우될 것이다.

자신이 마음먹기에 따라 세상은 달라진다

세상의 일이란 자신이 어떻게 마음을 먹느냐에 따라 달라지는 것이다. 기쁘게 생각하면 기쁘고 슬프게 생각하면 슬프게 되는 것이다. 세상을 살아가면서 당신이 슬프게 생각하면 당신은 슬프게 될 것이다. 그러나 당신이 기쁘게 생각하면 당신은 틀림없이 기쁘게 될 것이다.

신뢰를 얻으려면

아무리 사소한 약속이라도 지켜야 한다. 살다보면 사소한 것이라고 생각하는 것들에 대해서는 약속을 종종 어기게 된다. 그러나 사소한 약속이라도 꼭 지켜야 한다. 사소한 것이라고 약속을 안 지키다보면 남에게 신뢰를 줄 수 없다. 그리고 사소한 것도 못 지키는 사람에게 큰 약속을 할 수는 없다. 본의든 본의가 아니었든 한번 한 약속은 지켜야 한다. 타인의 신뢰를 무너뜨리는 것은 사소한 약속을 못 지키는데 있다. 중요한 것은 중요하기에 지키려고 노력하는데 사소한 약속은 사소하기에 쉽게 약속을 저 버릴 수 있다. 그러나 그 사소한 약속을 지키지 않는 것은 신뢰를 무너뜨리는 행위다. 그리고 한번 무너진 신뢰는 다시 회복하기까지는 많은 노력과 시간이 필요한 것이다. 당신이 만약 타인의 신뢰를 얻으려면 아무리 사소한 약속이라도 최대한도로 노력해서 지켜야 한다.

동정심도 지나치면 남에게 해를 입힌다

동정심은 사랑하는 마음이다. 사랑하는 마음이란 그 대상에 대해 안다는 것이다. 알지 못하면 어떤 사랑도 베풀 수 없다. 사랑은 나를 위해 주는 것이 아니라 그 사랑을 받는 대상을 위해 주는 것이다. 내가 베푸는 동정심이 그에게 어떤 도움이 될 것인지 먼저 고민한 다음 사랑을 주어도 늦지 않다. 상대방의 처지와 마음을 헤아리지 않은 채 무조건 베풀게 되면 오히려 폐만 끼칠 수 있다.

냉정하고 냉철하게 문제를 풀어가라

때때로 사람들은 어떤 문제가 생겼을 때, 자신의 잘못된 처방으로 인하여 더욱 상황을 악화시키는 경우가 있다. 세상을 살아가면서 자신의 문제를 정확하게 아는 것도 중요하지만 우리에게 더욱 중요한 것은 그 문제에 대해서 정확하고 올바른 처방을 해야 한다. 문제가 일어났을 때 감정적으로 해결하려 하면 긁어 부스럼을 만드는 결과를 낳기 쉽다. 화가 날수록 침착하고 냉정하게 대처해야 한다.

자기만의 줏대로 살아가라

사람은 자기 자신을 의탁할 자기의 세계를 가지고 있어야 한다. 자기의 마음속에 그리고 있는 자기의 세계에 충실하였는가, 충실치 못하였는가가 항상 문제다. 사람에게 가장 슬픈 일은 자기가 마음속에 의지하고 있는 세계를 잃어버렸을 때이다. 나비에게는 나비의 세계가 있고, 까마귀에게는 까마귀의 세계가 있듯이, 삶도 각자 믿는 바에서 정신의 기둥이 될 세계를 가지고 있지 않으면 안 된다. 만일 당신이 당신의 마음과 상관없는 곳에서 헤매고 있다면 자기의 세계로 돌아가야 한다.

자신을 함부로 자랑하지 마라

자화자찬하는 사람은 자신 외에는
아무도 보지 못하는 법이다.
사람은 저마다 장점과 단점을 가지고 있다.
자신의 단점은 숨기고
장점만을 드러낸 채 남의 단점을 조롱하는
사람처럼 속 좁은 위인이 있을까?
진실로 자랑거리가 많은
사람은 스스로 나서서
자신을 과시하지 않는다.
가만히 있어도
사람들이 알아주는 법이다.

길을 떠날 때는

자신의 능력을 너무 과신하는 사람은 자신의 삶을 망칠 가능성이 높다. 자신의 능력을 믿는 것도 중요하다. 그러나 그 능력을 과신한다면 엄청난 낭패를 가져올 수 있다. 자신감은 성공을 가져오는 가장 중요한 요소이지만 그것이 지나치게 과신된다면 잘못되었어도 수정을 거치지 않고 계속해서 같은 잘못을 저지르게 된다. 성공한 사람이 자신의 능력을 믿더라도 그것을 늘 점검하고 수정하면서 자신의 능력을 정확하게 보는 것은 성공을 실패로 만들지 않는 아주 중요한 요소이다. 자신을 믿는 것도 중요하지만 길을 떠날 때는 지도와 나침반을 준비하여야 한다.

빈 그릇을 들더라도 가득 찬 것처럼 들어라

용기와 힘이 있더라도 신중하지 못하면 그것은 없는 거나 마찬가
지다. 신중하게 쓰이지 않는 용기와 힘은 오히려 자신을 큰 위기에
빠뜨릴 수 있다. 빈 그릇을 들더라도 물이 가득 찬 것을 들 때처럼
하고, 빈방에 들어갈 지라도 사람 있는 방에 들어가듯 하라는 말
이 있다. 더구나 자신의 인생을 결정하는 일 앞에서라면 신중하고
또 신중해야 할 것이다.

둥지를 박차고 날아오르듯

알에서 부화한 어린 새들은 하늘로 비상하기 위해 많은 시간을 인내하며 작은 날개 짓을 계속해서 퍼덕인다. 마침내 힘을 길러 둥지를 박차고 하늘로 솟아오른다. 당신도 어린 새들처럼 힘이 축적되지 않고, 능력이 부족한 상태에서 모든 것을 이루려고 하지 말고, 조급하게 생각하지 말고 서두르지 않으면서 시간을 두고 서서히 당신의 힘과 능력을 키워야 한다. 비로소 그 시기가 오면 둥지를 박차고 날아오르듯 세상 밖으로 당신의 몸을 던져야 한다.

질투를 자기 발전의 계기로 삼아라

마음에 질투를 품지 않도록 조심하라. 왜냐하면
그것은 어떤 것보다 더 빨리 당신을 죽이는 것이
기 때문이다. 질투는 당신이 아름다운 생활을 하
지 못하게 막는다. 질투 때문에 다른 사람에게 질
투 음모를 꾸미는 사람은 그 음모로 인하여 자신
의 파멸을 초래하게 된다. 어쩔 수 없이 질투가 생
긴다면 자기 자신을 발전시켜 그것을 극복하라.

인내와 용기를 가져야 한다

당신의 인내는 당신의 큰 힘이다. 인내는 당신을 발전시킨다. 어떤 일을 함에 있어서 당신이 실망하고 좌절하여 그 일을 그만 둔다면 당신은 결국 당신이 원하던 것을 얻을 수 없다. 비록 당신이 힘이 부쳐 잠시 쉴지라도 휴식을 취한 뒤에 다시 도전한다면 당신은 언젠가는 그 일을 이룰 수 있게 된다. 또한 인내란 용기의 다른 표현이다. 당신의 주변 환경이 아주 열악하여 당신 자신을 괴롭히고 포기하도록 유혹해도 포기를 안하는 것은 용기이다. 그리고 그 용기란 실천함으로서 진정한 용기가 된다.

아부와 친절을 구별할 줄 알아야 한다

아부와 친절을 구별할 줄 알아야 한다. 뭔가를 원하는 것이 있다면 허리를 숙이는 법이다. 친절하게 행동한다고 해서 완전히 믿어서는 안 된다. 그것은 당신을 좋아해서 하는 행동이 아니라 이용하려는 계책의 하나일 수도 있다. 일시적으로 달콤함을 맛보기 위하여 아첨과 아부에 넘어가는 어리석음을 범하면 안 된다.

기적은 당신 스스로 만드는 것이다

기적은 가끔 일어난다. 그러나 기적이 일어나게 하려면, 피눈물 나
는 노력이 있어야 한다. 자신이 노력하고 최선을 다하면서 삶의 기
적을 바랄 때야만 기적이 이루어질 수 있다. 어떠한 상황에 처하든
자신이 땀 흘려 노력하다보면 기적은 이루어질 수 있다. 그러나 자
신이 땀 흘려 노력하지 않으면 어떤 기적도 절대 이루어 질 수 없다.

욕심은 고통을 부르는 나팔이다

현재 자신이 가지고 있는 것에 대하여 만족하지 못하고 지나친 욕심을 부리게 되면 자신의 처지를 더욱 어렵게 할 뿐이다. 너무 큰 욕심을 부리기보다는 자신을 둘러싸고 있는 삶의 축복 속에서 기쁨을 찾아내는 것이 삶을 행복하게 만든다. 사람의 괴로움은 끝없는 욕심에 있다. 자기 분수에 맞게 만족할 줄 안다면 마음은 항상 즐겁다.

당신에게 기회가 찾아온다면 그 기회를 살려라

당신에게 있어 기회라는 것은 처음부터 기회의 얼굴을 가지고 있지는 않는다. 하나의 위기로서 오던지 아니면 하나의 부담으로서 다가온다. 그렇기에 많은 사람들은 기회가 자신에게 찾아왔어도 고민만 하다가 기회를 놓쳐버리는 경우가 많다. 당신도 돌이켜보면 많은 기회를 잃어 버렸다. 당신에게 기회가 왔지만 그것이 기회인지도 모른 채 그냥 흘려보냈고 기회를 위기로만 인식하여 기회를 사장시켜 버린 적이 있다는 것을 시간이 지나 알게 될 적이 많다. 당신에게 닥친 위기나 부담을 회피하지 마라. 어쩌면 그 안에서 겉모습보다도 더 많은 기회들이 당신을 기다리고 있을 지도 모르는 일이다. 만약 어떤 기회가 찾아와 일을 시작하려할 때 언제부터 시작할까 할 때는 이미 늦는다. 그렇게 생각할 때 당신에게 주어진 기회도 기다리지 않고 지나가 버린다. 기회란 어떤 일이 생각났을 때 그 일을 바로 하는 것이 기회다. 많은 사람들은 자기에게 무수히 많은 기회들이 있었다는 것도 모르고 그냥 지나쳐 버릴 때가 많이 있다. 기회란 바로 당신의 가슴에 늘 깊이 파묻혀 있을 뿐이다.

문제가 가리키는 '달'을 보라

문제의 요점이 무엇인지 바르게 파악하면, 절반은 해
결한 것이나 마찬가지이다. 자신의 삶에서 무슨 일이
닥치느냐 하는 것은 중요하지 않다. 자신이 그 문제에
어떻게 대응을 하느냐에 삶의 성패가 달려 있다. 우리
가 어떠한 태도를 취하느냐 하는 것은 전적으로 우리
자신의 책임이다. 손가락만 보지 말고 손가락이 가리
키는 달을 보라.

친절과 배려는 미래를 위한 투자다

지금 당장에는 남을 배려하여 자신의 이익을 조금 줄이는 것이 손해인 것 같지만 당신이 조금만 앞을 내다보고 생각한다면 당신이 남을 배려하는 것은 결국 당신의 미래를 위한 배려인 것이다. 당신이 베푼 배려는 언젠가는 다시 당신에게 되돌아온다. 결국 남을 배려할 수 있는 사람이 자신을 그만큼 아끼고 자신을 그만큼 배려하는 사람이다.

생각하라

생각하지 못한다는 것은 얼마나 부끄러운 일인가? 사람은 누구나 생각하면서 살아간다. 그러나 그 생각을 어떻게 하느냐 따라서 그 사람의 삶이 변하게 된다. 머리 속에 잡념이나 욕망을 가득 채우고 살아간다면 아무 생각 없이 사는 것이고 아무 것도 이룰 수 없게 된다. 당신이 이전에 부정적인 생각을 가지고 소극적으로 생활해 왔다면 이것 역시 마음을 굳게 먹고 긍정적인 생각으로 바꾸는 것으로써 보다 적극적인 생활을 할 수 있다. 냉철한 판단력과 사고력을 가지고 생각하는 것이 곧 좋은 지혜를 불러일으키게 된다. 항상 좋은 쪽으로 먼저 생각을 해라. 안 된다는 생각보다는 "된다"라는 생각을 먼저 하고 어떤 문제든 소극적인 생각보다는 적극적인 생각을 해야 한다. 그러면 당신의 인생은 불행의 터널에서 벗어나 행복으로 바뀌게 된다.

지금보다 신중하면 위험은 반으로 줄어든다

우리 모두는 다른 사람이나 어떤 상황을 선불리 판단하는 경향이 있다. 사물의 겉모습만을 보고 나서 자신의 마음대로 함부로 판단을 내리는 행동은, 세상을 살아가는 평범한 사람들이 범하기 가장 쉬운 나쁜 습관 중의 하나이다. 단지 보여주는 피상적인 것만이 진실은 아니다.

아스팔트에서도 뿌리내릴 틈을 찾는다

우리는 과거의 일을 바로잡을 수 없다. 그러나 과거의
문은 이미 닫혀 있지만 미래는 새로운 가능성으로 열
려 있다. 사람은 무한한 가능성을 가지고 있고 또한 노
력을 통하여 새로운 세계를 개척할 수 있는 힘을 가지
고 있다. 민들레는 아스팔트조차 뚫고서 꽃을 피우고,
연꽃은 진흙탕 속에서도 아름다운 꽃을 피운다.

사람은 누구나 위대해질 수 있다

위대하게 될 기회는 우리 모두의 내부에 있으므로 다른 곳
에서 찾을 수는 없다. 당신은 당신이 가지고 있는 것으로
최선을 다하라. 그렇게 한다면 당신은 언젠가는 꼭 성공할
것이고 보람을 느낄 것이다.

어리석은 배움은 독이 될 수 있다

삶의 불안감을 해소하는 것은 당신이 무작정 자격증과 공부에만 매달린다고 해결되는 것은 아니다. 자신에게 쓸모없는 자격증과 공부에 매달려 시간과 돈을 낭비하게 된다면 지금 하고 있는 일에도 큰 해가 될 수 있다. 자신의 참다운 미래를 준비하려면 남들이 하니깐 쫓아하는 것이 아니라 자신의 성격, 상황, 능력 등을 고려해서 계획을 세워야 한다.

차라리 2등을 하라

　무조건 일등을 하려고 발버둥치는 습관이 있다면 당신에게 그 습관은 엄청난 부담으로 다가온다. 만약 당신이 일등 만능주의에 빠져 건강과 삶을 희생한다면 일들을 한다고 해도 그것은 참으로 당신의 삶에 있어서 불행한 일이다. 당신에게 많은 희생이 필요한 일등이라면, 차라리 이등이 더 낫다. 무조건적으로 일등을 할 필요는 없다. 만약 일등을 한다면 일등이 당신에게 만족감을 갖다 주기는 할 것이다. 그러나 그 만족감을 얻기 위하여 당신이 다른 많은 것을 희생할 필요는 없다. 당신이 등수에 연연하지 않고 자신이 해야 할 일들에 대해 최선을 다하다보면 큰 희생이 없이도 일등을 할 수 있다.

당신은 땀으로 보물을 만드는 연금술사다

보물은 어디 먼데 있는 것이 아니다. 자신이 땀을 흘리는 그 곳에 보물이 숨겨져 있다. 그러나 이런 사실을 깨닫지 못하고 어디 먼데서 헛된 보물만 찾아 삶을 낭비하는 사람은 결국 자신이 지니고 있는 보물도 잃어버리고 만다. 자신의 참된 보물을 찾고 싶거든 손수 땀을 흘려라. 자신의 땀 속에는 삶의 빛나는 보물이 숨겨져 있다.

말하는 것도 배워야 한다

"너는 너의 이야기를 전달하려고 큰 소리로 말하지만 나는 너의 말이 도통 무슨 뜻인지 알 수가 없다"

대화를 나눌 때, 왜 이런 일이 생길까? 당신은 자신의 뜻을 전달하려고 그렇게 열을 올리고 있는데 상대방은 당신의 뜻을 전달받기는커녕 당신과 대화를 나누는 것에 대하여 짜증을 내기도 한다. 왜 그럴까? 한마디로 말하는 기술이 부족해서 그런 것이다. 말하는 것도 배워야 한다. 성공하는 사람이 되기 위해서는 누구와도 대화를 나눌 수 있고, 또한 능숙하게 대화를 나눌 수 있는 사람이 되어야 한다. 그것은 당신을 삶을 만들어 가는 과정 중에서 중요한 한 부분을 차지한다. '천냥 빚도 한마디 말로 갚는다'라는 말처럼 말을 잘하면 대인관계가 원만해진다. 그렇다고 해서 아첨을 하라는 것이 아니다. 남을 배려해주는 마음을 가지고 있으면서 진심으로 얘기한다면 상대도 그 말을 진심으로 받아들일 것이다. 말은 함부로 쏟아낼 성질의 것이 아니다. 잘하면 약이지만 못하면 독약이 되는 것이다. 말을 할 때는 늘 조심스럽게 해야 한다.

증오는 자신을 해치는 악성 바이러스다

사람이란 불완전한 존재이기 때문에 자신의 감정에 쉽게
휘말려들기도 한다. 그러나 너무나 자주 다른 사람에게 느
끼는 분노나 증오는 당신의 삶에 있어 커다란 해악을 끼치
는 원인이다. 증오심은 마치 부메랑처럼 증오심을 품고 있
는 당신에게로 돌아와 당신을 불행하게 만들 뿐이다.

기적은 자신 스스로 만든다

기적은 신만이 만든다고 생각하는 사람은 어떤 기적도
만들 수 없다. 그러나 기적은 신도 만들지만, 자신 스스
로도 노력해야 만들 수 있다는 것을 아는 사람은 기적을
만든다. 지금 아무런 노력도 기울이지 않으면서 자신의
삶에 기적이 찾아오길 바란다면 당장에 그만 둬야 한다.
스스로 노력을 기울이지 않는다면 어떤 기적도 이루어
지지 않는다. 네가 기적을 바란다면 그 기적에 어울리는
노력을 기울여야 한다.

많은 친구를 사귀도록 하라

살면서 아무리 강조를 해도 지나치지 않는 것이 있다면 인생의 동반자이자 조언자인 친구이다. '친구는 하나의 영혼이 두 개의 육체에 깃든 존재'라는 말처럼 친구는 자신을 표출하는 또 다른 자신이다. 친구와 우정을 간직하며 사는 것은 큰 즐거움을 준다. 친구는 어느 한 쪽의 희생을 강요하지 않는다. 서로 많은 것을 나누며, 서로 배우며, 항상 서로의 행복을 빌어주는 사이다. 처음부터 모든 것을 이해해주고 모든 것을 나눌 수 있는 사이가 아니더라도 자꾸 만나고 부닥치면서 진심으로 관심을 가질 수 있는 상대를 만들어 서로 편안한 마음을 가지고 이야기하다보면 그 만남은 우정으로 변하게 된다. 그러기 위해서는 예절과 존경심을 잃지 말아야 한다. 그리고 그것을 지키기 위해서는 항상 노력해야 한다. 이것은 아무리 친한 친구라 해도 서로 간에 지켜야 할 도리이다. 인생의 참 맛을 알게 해주는 친구를 가져야 한다. 친구가 당신을 위해 무엇을 해 줄 것인가를 생각하기 전에 당신이 친구를 위해 무엇을 해 줄 수 있는가를 먼저 생각하고 실천하라. 그러면 좋은 친구를 얻게 된다.

신중한 사람이 결국 승리한다

자신의 능력을 제대로 파악하지 못하고 우쭐거리다가는 자신의 삶을 망칠 우려가 있다. 또한 어떤 일을 할 때는 신중한 판단을 내릴 줄 알아야 한다. 조급한 판단은 어리석음과 종이 한 장 차이에 불과하다.

가장 고귀한 복수는 용서다

때때로 사람들은 다른 사람에게서 좋지 않은
대접을 받으면 같은 행동양식으로 그 사람에
게 복수를 한다. 결국에는 서로 복수를 하다가
자신들의 삶만 망치는 결과를 가져온다. 마음
에 복수심이 든다면, 당신이 잠시 힘들더라도
관용의 미덕을 베풀 줄 알아야 한다. 삶에 있어
가장 좋은 복수는 당신이 너그러운 마음으로
복수의 대상을 용서하는 것이다.

안정과 우정 속에 사는 아이는

비난 속에 사는 아이는 남 헐뜯는 사람 되고, 미움 속에 사는 아이는 싸움
하는 사람 된다. 조롱 속에 사는 아이는 수줍음 타는 사람 되며, 참음 속에
사는 아이는 끈기 있는 사람 된다. 격려 속에 사는 아이는 자신감이 넘치
고, 칭찬 속에 사는 아이는 감사할 줄 알게 된다. 공정 속에 사는 아이는 정
의로운 사람 되고, 안정 속에 사는 아이는 믿음 있는 사람 된다. 인정과 우
정 속에 사는 아이는 온 세상에 사랑이 충만함을 배우게 되리라.

– 도로티 로 놀트

게으름은 살아있는 사람의 무덤이다

게으름은 자신을 파멸시키는 요인 중에 가장 큰 요인이다. 날마다 자신의 일을 미루고 게으름을 피우게 된다면, 결국에는 나날이 늘어나는 삶의 짐을 지면서 삶의 언덕에서 허덕거리고 말 것이다.

자랑이야말로 자신을 옭아매는 일이다

자기 자랑으로 높은 평가를 받는 사람은 없다. 자신은 누구의 후손이며, 또 누구와 친하던가, 혼자서 양주 몇 병을 마셨다느니 하는 자랑은 자신의 인격을 드러내 보이는 것이다. 자랑은 자신을 치명적인 위험에 빠뜨리기도 한다.

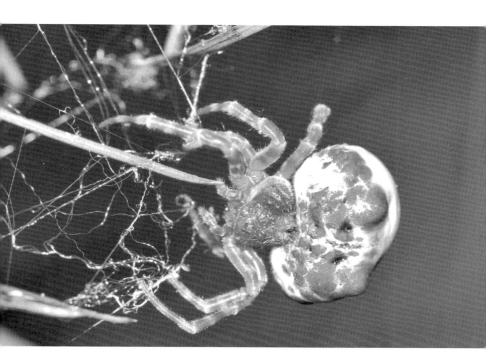

단점이 가장 빛나는 보석이 될 수도 있다

자신의 단점은 작은 흠집과 같다. 숨기거나 감추려고만
하지 말고 과감히 새로운 장점으로 만들어 내라. 대부분
의 사람들은 자신들의 장점과 재능을 가꾸거나 빛내지
못하기에 그것을 단점으로 알고 살아가고 있다.

세 치 혀가 사람을 살리거나 죽인다

말에 실수가 없는 사람은 온 몸을 잘 다스릴 수 있는 완전한 사람이다. 이처럼 혀도 인체에서 아주 작은 부분에 지나지 않지만 엄청나게 허풍을 떤다. 아주 작은 불씨가 큰 숲을 불살라 버릴 수도 있다.

이기심은 사람의 눈 속에 있는 타끌이다

사람들은 때때로 자신의 이익을 위하여 교묘한 논리로 다른 사람을 속이려고 한다. 그러나 그것은 다른 사람들로부터 또 다른 불신을 가져와 당신이 따돌림 당하는 원인이 된다. 다른 사람들을 먼저 배려했을 때 당신도 같은 대접을 받을 수 있다.

사람은 믿음을 잃었을 때 가장 비참해진다

사람을 신뢰할 만한 사람으로 만드는 유일한 길은 그를 신용하는 것이다. 그를 신뢰하지 못할 사람으로 만드는 가장 확실한 길은 그를 불신하여 그대의 불신을 그에게 보여 주는 것이다. 가정이든 사회의한 조직이든 거기에 불신으로 인해 불평불만이 넘쳐나면 그 조직의힘은 급속하게 약화되고 결속력이 떨어지는 결과를 가져온다.

친절해서 손해 볼 것은 아무것도 없다

그릇이 큰 사람은 남에게 호의와 친절을 베풀어주는 것으로 자신의 기쁨으로 삼는다. 다른 사람에게 어떤 좋은 일을 할 수 있거나 어떤 친절을 보일 수가 있다면, 지금 곧 행하라. 왜냐하면 나는 다시는 이 길을 지나가지 않을 테니까.

자신의 전부를 타인에게 맡기지는 마라

신뢰할 수 있는 사람이 곁에 있다면 당신은 행복한 사람이다. 그러나 당신의 전부를 맡기지는 마라. 마지막 보루를 남겨둔다 해도 그 사람으로부터 불신을 사지는 않을 것이다. 무엇보다 당신의 운명이 걸린 일이라면 첫 번째로 당신 자신을 믿어라.

위기는 방심하는 사람만을 사냥한다

위기는 우리 자신도 모르는 사이 찾아올 수 있다. 하지만 그 위기를 극복하지 못하는 사람이 있는가 하면, 위기를 멋지게 이겨내는 사람도 있다. 위기는 방심하는 사람만을 사냥한다. 언제나 준비하며 살아가는 사람에게는 위기가 닥친다 하더라도 좋은 경험이 될 뿐이다.

인생은 단 한 번뿐인 경험이다

자신이 경험한 삶의 고난이 우리에게 삶을 배우게 하고 삶
의 상처를 이길 수 있도록 인도한다. 사람들은 가슴을 찌
르는 깊은 아픔을 느끼고 난 다음에야 비로소 삶의 행복
과 삶의 의미를 알 수 있다. 현명한 사람은 고난이라는 경
험으로부터 많은 것을 배운다. 고통스러운 경험이란 삶에
많은 도움을 주는 보석 같은 가치를 지닌 지혜들이다.

질투는 행복을 파괴시킨다

질투로 인하여 자신을 망치지 말아야 한다. 이
세상에 흠 잡힐 것이 없을 정도로 완벽한 것
은 없다. 질투는 어떤 것보다 더 빨리 당신을
죽이는 것이다. 무엇이건 간에 질투하지 말라.
질투는 당신이 아름다운 생활을 하지 못하게
막는 것이다.

행복의 다른 이름은 만족이다

사람들이 행복하게 사는 방법 중의 하나는 스스로 행
복의 눈빛으로 세상을 바라보는 일이다. 목마른 자만
이 물의 소중함을 알고 배고픈 자만이 음식의 고마움
을 깨닫고 피곤한 자만이 휴식의 가치를 안다. 어떤 불
만으로 해서 자기를 학대하지 않으면 인생은 즐거운 것
이다. 행복이란 스스로 만족하는 점에 있다

거짓은 모든 좌악의 씨앗이다

자신이 할 수 없는 것을 할 수 있는 것처럼 함부로 떠들지 말아
야 한다. 사람들은 때때로 잘난 척하는 거짓말의 유혹을 이기지
못하고 함부로 말을 하여 자신을 궁지로 몰아놓곤 한다. 어떤 것
에 대하여 이야기를 할 때 과장하지 말아야 한다. 단 한 번의 거
짓말로 그동안 쌓아온 명성을 한꺼번에 날려버릴 수도 있다.

같은 잘못을 다시 저지르지 말라

자신의 잘못을 인정하는 것처럼 마음이 가벼워지는 일은 없다. 그에 비해 자기가 옳다는 것을 인정받으려고 안달하는 것처럼 마음 무거운 일도 없다. 잘못을 솔직히 시인하고 가벼운 마음으로 새날을 개척해 나가자.

훈계에도 예절이 있다

급한 어려움에서 벗어나게 한 다음에 훈계를 하라. 모든 일에는 때가 있다. 살다보면 어려움에 빠져서 생사의 기로에 선 사람들에게 도와주지는 않고 훈계만 늘어놓는 사람들을 볼 수 있다. 그러나 그런 훈계는 생사의 기로에 선 사람들에게 먹힐 수가 없다. 어쩌면 상대편의 반감만을 더 가져올 뿐이다. 당장 어려워서 숨이 넘어갈 지경인데 훈계만 늘어놓는다는 것은 결국 상대편을 전혀 고려해 주지 않는 것과 같다. 상대편을 생각해서 말하는 것 같지만 자신의 입장만을 생각하는 사람들이다. 한 때의 잘못으로 어려움에 처한 사람에게는 당장에 숨이 넘어갈 만한 상황을 벗어나게 한 다음 훈계를 하라. 그래야만 상대편도 고마움을 알고 그 훈계를 고맙게 받아들인다.

거절할 때는 분명하게 NO라고 말하라

황당한 요구에는 NO라는 대답을 확실하게 하여야 한다. 꼭 거절해야 하는 일이지만 혈연, 학연, 지연 등의 이유로 인하여 다른 사람들의 부탁이나 상사의 명령 등을 거절하기 어려울 때가 있다. 거절로 인하여 다른 사람의 미움을 받을 수도 있고 자신이 불이익을 당할 수도 있다. 하지만 자신이 NO라는 말을 제대로 하지 못하고 우유부단하게 행동하다가는 큰 화를 불러올 수 있다.

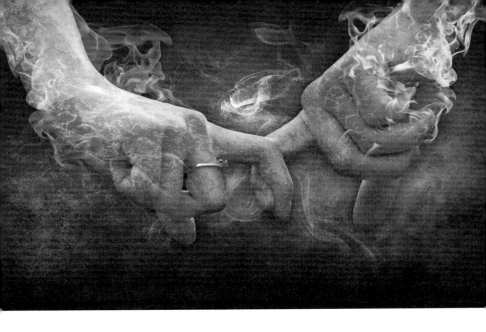

내 삶의 선택을 다른 사람에게 맡기지 마라

다른 사람에게 자신이 믿고 따르는 가치관과 종교를 믿도록 강요하는 사람이 있는가 하면, 자기가 결정하기보다는 다른 사람의 말을 맹목적으로 믿고 그들에게 선택을 맡기는 사람들이 있다. 전자의 사람이나 후자의 사람이나 똑같은 잘못을 저지르고 있는 것이다. 인생의 선택은 그 주인만이 할 수 있다.

협력은 위대한 일을 성취하는 밑거름이다

이 세상을 살아가는 사람들이 자신들에게 서로 부족한 것을 보충하면서 협력한다면 비록 어떤 것이 부족할지라도 좋은 결과를 가져올 수 있다. 서로 이익을 보면서 돕는 것은 자신의 삶을 좀 더 나은 방향으로 인도해 주는 것은 물론 사회를 행복하게 만들어 주는 역할을 한다. 또한 위대한 일을 성취하게 하는 아주 좋은 밑거름이다.

실패하는 사람은 새벽이 오기만을 기다린다

망설이지 말고 지금 실행하라. 우유부단 하게 처리한다면 어떤 경우에는 안 하는 것보다도 못한 결과를 가져온다. 당신에게 어떤 목표가 정해졌으면 이제 무소의 뿔처럼 혼자서 가라. 자꾸 망설이는 사람은 결국 아무 것도 하지 못하고 끝난다.

용서할 줄 아는 사람이 자부심이 높다

다른 사람이 일단 자기의 잘못을 시인하면 다시 그 문제에 대하
여 말하지 말아야 한다. 또 지난날의 일을 가지고 꾸짖음을 되
풀이 하면 상처를 입게 된다. 남의 잘못을 용서할 수 없는 사람
은 자기도 그와 같은 잘못을 저질러 고통을 당하게 된다. 쥐도 궁
지에 몰리면 고양이를 무는 법이다.

잘못된 친절은 타인에게 독이 될 수 있다

나의 한 마디 말과 행동이 다른 사람들에게 치명적인 영향을 미칠 수 있다. 모든 친절이 다 가치 있는 것은 아니다. 누군가에게 도움을 줄 때는 반드시 상대방의 입장을 생각해야 하고, 그것이 옳은 길인지 진지하게 고민해 봐야 한다.

깊이 판 우물에서 맑은 물이 나온다

자신의 능력을 다양하게 키우는 것은 중요하다. 자신의 능력 중에서 주력으로 삼을 것을 견고하게 다져 놓은 후에 다양하게 하는 것을 생각하여야 한다. 하나를 깊이 파다 보면 자연히 둘이 보이고 셋이 보이는 지혜를 얻게 된다. 이것저것 집적대다가는 아무것도 없을 수 없다.

돌이 될 것인가 다이아몬드가 될 것인가?

보석 하나를 두고도 사람들은 저마다 다른 가치를 생각한다. 돌을 다이아몬드로 깎는 사람이 있고, 다이아몬드를 돌로 보는 사람도 있다. 세상에서 아무리 귀중한 것이라도 자신에게 필요 없는 것이라면 그것에는 가치가 없다.

작은 일에 심술을 부리면 소인배가 된다

자신의 마음에 들지 않는다고 다른 사람에게 심술을 부리듯이
세상을 살지는 마라. 사람의 도리란 세상을 살아가면서 상대편
의 입장을 이해하여 그 사람을 배려하기 위하여 노력하여야 한
다. 당신이 남의 입장을 배려해 줄 때 당신도 배려 받을 수 있다.

돈은 사람의 필요에 의해 만든 것일 뿐이다

돈이 모든 행복을 가져다주지는 않는다. 살아가면서 돈은 꼭 필요한 존재다. 그러나 돈이라는 것은 생활을 풍요롭게 해주고 삶의 행복을 이루기 위한 하나의 수단이지 돈의 축적 자체가 행복은 아니다. 많은 사람들이 배금주의 시대에서 돈의 노예가 되어 돈으로 인하여 불행해지는 경우가 많이 있다. 돈은 많으면 많을수록 좋은 것일 수도 있지만 자신의 모든 것을 다 버려가면서 돈에 매달리는 것은 어리석은 일이다. 돈만으로는 해결할 수 없는 일들이 세상에는 많다. 누가 어떻게 돈으로 시간을 살 수 있는가? 누가 어떻게 돈으로 생명을 살 수 있는가? 그렇다고 해서 돈이 무용지물이라는 것이 아니다. 돈은 꼭 필요하고 행복을 이루기 위한 수단이다. 그러나 주객이 전도되어서 행복을 잃어가면서 돈을 벌기 위한 삶은 버려야 한다. 돈이 모든 행복을 가져다주지는 않는다.

정직은 그대에게 주어진 백지수표다

어떤 직업이나 장사든지 어느 정도의 정직을 보이는 것이 그 사람을 부자로 만들어 줄 수 있는 가장 확실한 방법이다. 남의 믿음을 잃었을 때에 사람은 가장 비참한 것이다. 백 권의 책보다 하나의 성실한 마음이 사람을 움직이는 힘이 더 크다.

무지 속에서 얻은 행운은 오래가지 않는다

우파니샤드 중에 이런 글이 있다.

"무지 속에 갇혀 있는 사람들은 스스로를 상당한 지식인이라거나 대단한 학자라고 생각하면서 영영 삐뚤어진 길로 가게 된다. 마치 눈 먼 장님들을 역시 눈 먼 다른 장님이 인도하여 영영 삐뚤어진 길로 가게 되는 것처럼……"

자신의 가치는 자신만이 결정할 수 있다

우리는 자신의 가치를 스스로 인정해야 한다. 다른 사람들이 우리의 가치를 인정해 줄 것으로 믿었다가 그 기대가 어긋나 버리면, 실망할 수밖에 없다. 늘 자신을 알리는 데만 너무 급급하지 말고 자신의 가치를 높이는 데 전념하도록 하라.

사랑의 절반은 이해심이다

지금 연인의 손을 따뜻하게 잡아 주어라. 당신의 가장 빛나는 날들이 모여 연인이라는 인연이 생기니 어찌 그 연인이라는 인연이 소중하지 않을 수 있으랴. 지금 작은 문제가 생겼다고 연인의 손을 뿌리치지 마라. 지금 연인의 손을 따뜻하게 잡아 주어 상대방에게 신뢰하고 있다는 굳건한 메시지를 주어라. 지금 어렵다 해서 포기하지는 마라. 그 여자의 손을, 그 남자의 손을 따뜻하게 잡아 주어라. 비틀거리며 세상으로부터 돌아온 연인의 손을 따뜻하게 잡아 주어라. 어려울 땐 따뜻한 위로가 필요하다. 그 위로는 상대방에게 용기를 심어준다. 위로를 하는 쪽도, 위로를 받는 쪽도, 험난하지만 다시 용기를 내어 세상을 살아갈 수 있는 힘을 서로 상대에게 주어라.

눈으로 보이는 것만이 진실은 아니다

단지 눈으로 보이는 것만이 진실은 아니다. 버섯도 아름답고 색이
화려한 것은 독을 가지고 있다. 사람의 모습도 마찬가지다. 첫인상
이 중요하긴 하지만, 그 중요성에 비해 그 정확성은 그리 신뢰할 만
한 것이 아니다. 겉모습이란 우선 진실인 척하는 것이기 때문이다.
껍질 너머 내면까지 바라볼 줄 알아야 진실을 보았다 할 것이다.

계획하지 않는 삶은 방종일 뿐이다

삶의 설계도를 작성하라. 그리고 삶의 설계도를 작성하는 습관을 가져라. 만약 삶의 설계도가 없다면 그것은 삶의 지침이 없다는 것과 마찬가지이다. 모든 비행기든 배든 출발하였다면 도착지가 있다. 만약 도착지가 없다면 어디에선가 난파당하고 만다. 이 일은 얼마나 끔찍한 일인가? 당신의 삶도 마찬가지이다. 자기 삶의 목적지가 없다면 결국 삶은 난파당하고 만다. 난파당하고 싶지 않다면 삶의 설계도를 작성하라.

마음이 쉴 수 있는 의자 하나 놓아두자

우리는 바쁘게 살아간다. 열심히 사는 일과 바쁘게 사는 일은
많은 차이가 있다. 가치 있는 일을 하지 않으면서도 마음이 바
쁜 사람들도 있기 때문이다. 꿀벌처럼 바쁜 사람은 슬퍼할 겨
를도 없다. 게으르지 않은 여유 속에서 맛깔스런 인생을 맛볼
수 있다. 잠시 여유를 갖자.

굽어지지 않는 나무는 꺾이기 마련이다

지위가 올라가면 올라갈수록 겸손해져야 한다. 자신은 스스로 바라볼수록 왜소해지는 법이다. 낮아지고 겸손하라. 이것이 지혜의 첫걸음이다. 높은 곳의 냇물이 강을 만나고 바다로 나아가려면 몸을 낮추지 않으면 안 된다.

아집은 마음을 절룩거리는 일이다

자기 생각만 옳다고 고집하는 사람은 다른 사람의 의견을 제대로 받아들일 수 없다. 어떤 일에 대하여 자기 생각을 주장하기 전에 다른 사람의 말을 들어보라. 지식이 좁은 사람은 자기의 좁은 생각에 얽매여 아집에 사로잡히기 쉽게 된다. 잘못된 지식에서 비롯된 고집은 우리의 마음을 절름발이로 만들 뿐이다.

서로 다른 생각이 새로운 것을 만들어낸다

아무리 친한 사이라도 서로의 생각을 인정할 줄 모르면 그 우정은 얇은 얼음과 같다. 금방이라도 쩍쩍 금이 갈 수 있는 것이다. 생각이 다르다는 것은 좋은 장점이다. 두 사람이 그것을 공유하면 큰 힘을 발휘할 수 있으니까. 친구란 볼트와 너트 같은 관계다.

우정은 신뢰가 만든 오래된 약속이다

언제라도 불신이 끼어들 수 있는 관계에서는 우정이 싹틀 수 없다. 우정을 가장한들 조건만 만들어지면 서로를 배신할 수 있기 때문이다. '불태우기 쉽기로는 오래된 장작이 가장 좋다. 마시는 데는 오래된 술, 신뢰하는 데는 오래된 친구, 읽는 데는 오래된 저서가 좋다'라는 말이 있다. 오랫동안 쌓은 신뢰는 쉽게 무너지지 않기 때문이다.

실패는 성공으로 가기 위한 길목일 뿐이다

실패를 두려워하지 마라. 처음 겪는 일일지라도 그리고 전에 실패를 맛보았던 일일지라도 미리 실패를 걱정하는 어리석은 일은 하지 마라. 실패를 걱정하여 아무런 일도 하지 못하게 되면, 그것은 정말로 삶의 큰 실패를 당신에게 안겨주게 된다. 오늘, 실패를 걱정하지 말고 다시 세상에 도전하라. 당신이 아무 것도 안하고 삶을 실패하느니 차라리 이것저것 도전하여 실패도 해보고, 그 실패를 바탕으로 성공도 하는 그런 사람이 훨씬 현명한 사람이다. 오늘 당신이 적극적인 사람이 되어 자신의 운명을 개척해 나가라.

어려운 문제에 집착하기보다 발상을 바꿔라

민들레는 가장 척박한 땅에서도 잘 자라는 풀이다. 어떤 정원사에게
는 잡초였더라도 이 풀을 이용해 아름다운 정원을 만드는 정원사도 있
을 것이다. 처음부터 해결할 수 없는 문제를 가지고 시간을 낭비하지
말라. 조금만 발상을 바꿔도 많은 문제들이 쉽게 풀리는 게 우리의 삶
이다.

프로는 결코 주변인으로 살지 않는다

어슬렁거릴 것이라면 일을 그만 두라. 만약 당신이 일을 하지 않고 뒤에서 어슬렁거릴 것이라면 차라리 그 일을 하지말고 당장 그만 두는 것이 당신에게 이롭다. 하기 싫은 일을 억지로 하면서 뒤에서 어슬렁어슬렁 거리는 바보 같은 짓은 하지 말라. 어슬렁거릴 것이라면 당장에 일을 그만 두라. 당신이 하는 모든 일에 있어서 능동적能動的으로 움직여라. 당신이 일을 하는 모습, 그 안에는 당신의 '내일'이 숨쉬고 있다.

무자를 내세우면 사람들에게 피해를 준다

조금 아는 바가 있다 해서 스스로 뽐내며 남을 깔본다면 장님이 촛불을 들고 걷는 것 같아 남은 비춰 주지만 자신은 밝히지 못한다. 한 순간이라도 자신의 능력을 오판하거나 너무 과신하는 사람은 자신의 삶을 망칠 가능성이 높다.

지나친 욕심은 자신을 가두는 함정이다

정당하게 일해서 필요한 만큼 얻는 것은 욕심이 아니다. 하지만 너무 욕심을 부리면 화를 당하기 마련이다. 그 욕심이 더 커지면 다른 사람에게도 피해를 끼친다. 사람들은 누구나 욕심을 가지고 있다. 그 욕심을 내가 감당할 수 있을 만큼만 채울 수 있도록 만드는 것이 공부며 지혜다.

진흙탕에서도 보석은 보석이다

이 세상의 진흙탕 속에 있을지라도 앞으로
나아가라. 당당하게, 그리고 꾸준하게 세상
을 향向하여 나아가라. 당신이 이 세상의 진
흙탕에서 지금 뒹굴고 있을지라도 내일을
꿈꾸면서 그 진흙탕에서 걸어나와라. 당장
힘이 부친다면 기어서라도 나와라. 그래도
힘들면 잠시 쉬었다가 다시 시도하라. 이 세
상의 진흙탕 속에 있을지라도 앞으로 나아
가라. 꾸준하게 그리고 당당하게 이 세상과
맞서다보면 당신은 어느새 세상의 중심中心
에 있게 된다. 당당하게 그리고 꾸준히 세상
을 향해 나아가라.

욕망이 줄어들면 행복은 늘어난다

욕망을 채우기 위해 잃어버린 것들이 얼마나 많은가 생각해 보라. 지금 일어나는 욕망을 억누르고 마음의 평온을 갖으려고 노력하라. 욕망이란 처음에는 눈에 보이지 않을 정도로 느리게 진행되다가 일단 그 목적을 달성하고 나면 걷잡을 수 없이 파멸을 향해 달려가는 법이다.

마음을 낮추는 것만으로도 그대는 지혜롭다

가장 현명한 사람이란 스스로를 지혜롭다고 전혀 생각하지 않는 사람이다. 진정한 지혜는 모든 것에 대한 지식이 아니라 살아가는데 가장 필요한 지식과 불필요한 지식과 알 필요가 없는 지식을 구별하는 것이다.

삶 그 자체를 즐거움으로 받아들여라

사람들은 언젠가는 자신이 가는 길에 의문을 두게 된다. 때로는 커다란 상실감으로 인해 우울해진다. 모든 것을 버리고 낯선 세계로 떠나고 싶다. 하지만 그런다고 텅 빈 마음이 채워지는 것은 아니다. 자신의 삶에 회의감이 든다면 도피하지 말고 더 과감하게 맞서야 한다. 무료한 일을 즐겁게 만들기 위해 노력해야 한다. 삶을 즐기는 동안 인생의 의미는 보다 선명해진다.

지금 이 순간을 가장 인간답게 살자

그대는 무엇을 위해 살아가는가? 미래를 위해 시간과 돈을 절약하며 살아가는 일은 당연하다. 하지만 '오늘'은 지나고 나면 다시는 오지 않는다. 오로지 미래에 묶여 '오늘'이라는 삶의 공간을 희생할 필요는 없다. 지금 이 순간을 가장 인간답게 살자!

마음의 부자가 되라

지금 당장 그대가 빈털터리라 하더라도 그대가 사람들에게 나누어줄 수 있는 것은 많다. 그대는 그대 자신을 가졌고, 그대가 가진 따뜻한 마음은 나누면 나눌수록 더 커지는 무한대한 것이다. 마음이 가난한 부자는 오히려 나눌 것이 없다. 마음이 부자인 사람이 진정한 부자가 될 수 있다.

아침이 찾아오지 않는 밤은 없다

생명이 있는 한 희망이 있다. 희망은 모든 일을 할 수 있다고 가르치고, 절망은 모든 일을 하기 어렵다고 가르친다. 절망은 사물을 부정적으로 보도록 유도하지만, 희망은 사물을 긍정적으로 보도록 유도한다. 절망을 친구로 삼을 것인가, 아니면 희망을 친구로 삼을 것인가? 그대는 어느 쪽을 선택할 것인가?

이기적 논리는 사람들이 받아들이지 않는다

남을 생각하는 자비심에서 우러나온 것이 아니고 사리사욕을 위해 그들의 이웃 사람들에게 말하는 사람은 자신이 그렇게 당하게 된다. 당신이 하는 말이 아무리 좋은 논리라도 자신만을 위하고 남을 생각하지 않는다면 다른 사람들에게 그 논리는 잘 먹히지 않는다. 사람들은 때때로 자신의 이익을 위하여 교묘한 논리로 다른 사람을 속이려고 한다. 그러나 그것은 다른 사람들로부터 또 다른 불신을 가져와 당신을 따돌림 시키는 계기로 작용할 수도 있다. 실패하는 사람들의 나쁜 습관 중의 하나는 자신만의 이익을 찾고 있다는 것이다. 그들은 삶은 치열한 경쟁이라며 다른 사람이 성공하지 못하도록 하면 자신이 잘 될 것으로 생각한다. 그러나 자신만 잘 되려고 하다보면 결국 자신이 실패하고 만다.

우연에 자신의 운명을 맡기지 마라

주관이 없는 사람은 노를 잃고 표류하는 난파선과 같다. 오로지 우연에 자신의 운명을 맡겨야 한다. 지금 뛰어난 재능을 가지고 있더라도 그것을 활용하고 발전시키지 않으면 금방 도태되고 만다. 날개를 잃고 나서 자신의 운명을 탓한다한들 무슨 소용이 있겠는가? 날지 못하는 새가 되기 전에 저 높은 공중으로 날아올라라. 나는 동안 그대는 나는 일이 얼마나 위대한 기술인지 깨닫게 될 것이다.

책은 또 다른 값진 경험이다

책을 읽어라. 당신이 모르는 것은 책이 알려준다. 당신이 모르는 것은 책에 있다. 당신의 무지를 깨우쳐 주는 것은 책이다. 책은 곧 스승이요, 삶의 동반자이다. 당신에게 있어 독서는 결코 취미가 아니라 삶의 일부가 되어야 한다. '책은 위대한 천재가 인류에게 남긴 유산이다'라는 말처럼 독서는 선인들의 발자취를 깨닫게 하며 이를 자신의 것으로 만들어 새로운 것을 창출해낼 수 있는 원동력이다.

지식만으로는 경험을 이기지 못한다

생활 속의 지혜는 경험에서 나온다. 경험은 자신
이 알고 있는 식을 빛나게 해 주는 역할을 한다.
뒤에 가는 사람은 먼저 간 사람의 경험을 이용
하여, 같은 실패와 시간낭비를 되풀이하지 않고
그것을 넘어서 한 걸음 더 나아가야 한다.

혼자 살 수 없다면 더 따뜻한 '우리'가 되라

미국의 서부 고지대에 있는 세코이아공원은 항상 강풍이 몰아친다. 그런데 이곳에서 자라는 세코이아나무는 아무리 바람이 거세게 불어도 끄떡없다. 다른 나무들은 강풍을 견디지 못하고 넘어지거나 뿌리째 뽑혀버렸다. 이 나무들은 땅에 얕게 뿌리를 내리고 있다. 하지만 뿌리들끼리 뒤엉켜 서로를 지탱해 준다. 또한 울창한 숲을 만들어 바람을 막아주고 있었다. 이것이 바로 세코이아나무가 고지대의 강풍을 이겨낸 비결이다.

창조하는 자는 고독한 사람이다

고독과 불안을 친구로 만들라. 그것들은 창의적인 힘을 준다. 그들을 적으로 만들 때는 그들은 적으로 돌린 당신을 공격한다. 그러나 고독과 불안을 친구로 만들면 그들은 당신에게 창의적인 힘을 준다. 고독과 불안을 친구로 만들라. 새로운 당신을 만들고 창의적인 당신을 만들려고 한다면 고독과 불안은 필연적으로 당신을 방문하기 마련이다. 당신이 그들을 멀리 하려고 억지로 쫓아낸다면 그들은 기를 쓰고 더욱 당신 가까이로 다가온다. 오늘 고독과 불안을 친구로 만드는 방법을 연구하라.

보이지 않는 재산에 더 큰 가치를 두라

당신이 가난하다면, 그럼 한 번 가지고 있는 것들을 기록해 보아라. 눈
에 보이는 것들만이 재산이 아니다. 우리들에게 중요한 것은 눈에 보이
는 재산보다는 눈에 보이지 않는 것들이다. 눈에 보이는 금전적인 것들
이 아니라 보이지 않는 재산에 중점을 두어 적어 보아라. 그럼 한 번 가
지고 있는 것들을 기록해 보아라. 당신이 가난하다고 생각하지만 한번
이라도 당신 자신이 소유한 것들을 적어 본 적이 있는가? 당신의 재산
들을 적다보면 당신의 얼굴에는 웃음이 흘러나올 것이다.
'내가 이렇게 많이 가지고 있었나?'

존경하되 답습하지는 말라

당신의 발전모델을 만들어라. 그러나 당신이 발전모델을 그대로 쫓아할 필요는 없다. 그러나 그 모델의 걸어온 길을 당신이 참고할 필요는 있다. 어떤 모델이 있다는 것은 그것을 참고하여 모방, 변형을 통하여 새로운 창조의 방법을 모색할 수 있다는 것이다. 당신의 발전모델을 만들어라, 그리고 당신이 발전모델로 선정한 사람의 연대기와 어떤 이유에서 그 사람을 모델로 선정하였는지 정리해 보자. 이런 과정을 통하여 발전모델에서 필요한 것들은 무엇이며 당신이 그 발전모델 말고도 보충할 것이 무엇인지도 알게 된다.

인생은 한 권의 책이다

한 권의 책을 만들어 보자. 어떤 일이든지 글로 써 보자. 당신만의 책을 갖는다는 것은 삶에 있어 아주 큰 의미가 있다. 그 책이 비록 프린터로 뽑아서 만들 것일지라도 당신의 생각과 삶, 그리고 주장 등을 담고 있는 아주 중요한 것이다. 그 책의 형식이 어찌되었던 간에 당신만의 책을 한 권 만들어 보자. 그러면 당신을 돌아볼 수 있는 계기를 줄 것이며 또 당신 삶의 비상을 가져오는 계기가 될 수도 있다. 한 권의 책을 만들어 보자. 지금부터라도 조촐한 자서전일지라도 만들 수 있다면, 당신의 삶을 풍요롭게 해줄 현재 진행형의 책을 만들어 보자.

자신을 이해하는 사람이 세상을 이해한다

이 세상은 바로 당신의 생각과 행동들이 알게 모르게 반영되고 있다. 사랑이든 증오든 당신이 대하는 타인들은 외부로 반영된 당신 내면의 표현인 것이다. 당신이 세상에서 가장 증오하는 것은 당신 내면에서 가장 부정하고 있는 것들이며, 당신이 세상에서 가장 사랑하는 것은 당신의 내면에서 가장 원하는 것이다. 자신의 삶의 목표는 결국 완전한 자기이해라는 사실을 깨달아라. 당신이 자신에 대하여 자기이해를 이루면 당신이 세상에서 가장 원하는 것이 마음속에 있게 되고, 당신이 세상에서 가장 싫어하는 것은 마음에서 사라지게 된다.

진리는 사람마다 다르게 인식될 수 있다

흑과 백의 판단이라는 짐을 당신의 마음에서 떨쳐 버려라. 그러면 이 세상을 살아감에 있어 몸과 마음이 훨씬 더 가벼워진다. 실상 판단이라는 것은 그저 있는 그대로인 상황에 옳다거나 그르다는 딱지를 붙이는 일에 불과하다. 당신의 마음에 따라 세상의 모든 것들이 이해될 수 있고 용서될 수도 있다. 그러나 당신이 어떤 것을 흑과 백으로 판단하려고 한다면 이해의 문을 닫고 사랑하기를 배우는 과정을 막아 버리는 것과 마찬가지이다. 결국 다른 사람을 판단하는 가운데 스스로 포용력이 부족하다는 것만을 드러나게 할 뿐이다.

절망에 발목 잡히지 말라

건강한 몸을 만들기 위해서는 마음을 다스려야 한다. 건강에 있어 마음의 자세는 중요한 요소이다. 특히 쓸데없는 걱정을 버려야 한다. 걱정은 아주 나쁜 것으로, 당신을 파멸시키는 주요한 요소가 된다. 쓸데없는 걱정은 자신의 정력을 쓸데없이 낭비하게 만들면서 몸에 해를 주는 많은 반응들을 불러온다. 걱정은 자신의 몸에 숨어있던 온갖 병들을 일으켜 세우는데 일조를 한다. 스스로 깨달아야 한다. 지금 걱정하고 있는 것들을 마음속에서 조금만 털어 내면 건강은 금방 좋아진다는 사실을 깨달아야 한다. 건강해지려면 당신의 마음속에서 똬리를 틀고 있는 걱정들을 마음에서 털어 버리는 작업을 시작하여야 한다. 자신이 걱정한다고 해서 해결되는 것은 아무 것도 없다. 걱정보다는 앞으로 전진하는 자세가 당신의 몸도 마음도 튼튼하게 해 준다.

자신을 믿는 것이 무엇보다도 중요하다

자신이 자신을 믿지 못하면 자신이 가진 능력도 제대로 발휘할 수가 없다. 만약 당신이 자신을 능력 있는 사람으로 믿으면 당신은 정말로 능력 있는 사람이 될 수 있으며, 만약 당신이 자신을 무능한 사람으로 믿으면 당신은 정말로 무능한 사람이 되어버린다. 이렇듯 자신감을 갖는 것은 참으로 중요하다.

우울함이란 정신을 흐리게 만드는 병이다

기분 나쁨이나 괴로움과는 다르다. 자신을 나태하게 만들고, 주위와 불협화음을 일으키게 만든다. 우울함을 극복하려면 적극적으로 살아야 한다. 과감하게 일을 추진하고, 사람들과의 관계를 주도할 필요가 있다.

가장 행복한 순간
- 지치고 힘들 때 읽는 한줄 100선

초판발행일 ㅣ 2021년 7월 15일
초판인쇄일 ㅣ 2021년 7월 15일

기획 ㅣ 이정순
엮은이 ㅣ 이정순
펴낸이 ㅣ 장문정
펴낸곳 ㅣ 도서출판 그림책
디자인 ㅣ 이정순 / 정해경
출판등록 ㅣ 제2010-000001
주소 ㅣ 경기도 수원시 영통구 원천동 광교호수공원로 45
연락처 ㅣ TEL(070)4105-8439

E-mail ㅣ khbang21@naver.com

Copyright C 도서출판 그림책. All rights reserved.

여기에 사용된 글 및 이미지의 저작권은 도서출판 그림책과 각 저작권자에게 있습니다.
무단 전재 및 복제를 금합니다.